小王子是國王最愛的孩子，
他的八歲生日快到了，
國王答應讓他許一個願望。

討厭綠色毛毛蟲的王子

文圖　黃一文

全國的大臣與專家被召集到城堡裡，
大家為了滿足小王子的願望，
爭先恐後說出自己的點子。

研發神奇的藥水，
把綠色變成王子喜歡的
粉紅色。
把綠色東西
全部關起來。
讓綠色從
書裡消失。

終於，
全國的綠色都消失了！

人們遠道而來，為小王子慶生。
他們讚美這個沒有綠色的王國，
是世界上最好的王國。

當大家都在談論
全新的王國時，

小王子有點好奇
他想出去親眼看看。

他偷偷騎著馬，
第一次獨自離開城堡這麼遠。

「這真是世界上最好的王國。」
小王子決定回去城堡，
找畫家畫下眼前這一切！

但是他卻迷路了。
騎著白馬繞了許久，
總算找到一個出口。

出口外，是一片廣闊的土地，
除了幾柱煙囪外，
什麼都沒有。

小王子開始覺得疲累，
他猜想往煙囪的方向走，
也許可以遇到人……

一個戴著帽子的女孩，
將虛弱的小王子和白馬帶回家。
她準備水與僅剩的麵包，
讓小王子在溫暖的床上休息。

女孩似乎不認識小王子，
沒經過他的允許，
就撫摸他的白馬。
小王子想制止女孩，
卻不小心瞄到
窗邊有個黑色身影……

「快把綠色毛毛蟲趕走！」

小王子說：

「我想回去沒有綠色的王國，

那裡沒有可怕的綠色毛毛蟲。」

別怕，跟我來。
這是我的祕密基地。

女孩說：「你放心，這裡很安全。」
她沒有取笑小王子，因為她知道
每個人都有害怕的事情，
這讓小王子感到安心。

「幾個月前，爸爸要我躲進祕密基地……」

「過了很久，吵雜聲漸漸消失，
我爬出祕密基地，躲在門後偷看……」
女孩低頭回憶著。

「爸爸、媽媽和其他人都被帶走，
騎著馬的怪物說他們犯了錯，
要一輩子做苦力贖罪！」

小王子聽了女孩的話，
他激動的說：「我會救出你的家人，
讓你們生活在世界上最好的王國。」

他們被關在
很多煙囪的地方。

等我們回來！
不用害怕，
我會保護妳！
這裡好暗……
走這邊！

小心！

那裡有聲音！
等等我！
沒事的。
啊可！

女孩聽見媽媽的聲音，
馬上衝過去，
但媽媽臉上沒有笑容的對她說：
「你不應該來這裡！快離開！」
突然，
有個聲音大吼：
「統統不許動！」

燈一亮，小王子和女孩看見
王國的衛兵，以及一群
綠色頭髮的人。

小王子明白了。

他下令：「讓綠色頭髮的人回家。」

看著女孩越走越遠，
小王子忍不住大聲問：
「我還能再見到你嗎？」

女孩回頭說：「我們會在世界上最好的王國相見。」

粉紅色藥水讓綠色
很快消失，小王子卻要
花很長很長的時間，
才能將王國恢復
原本的樣子。
但是，只要他
不斷的不斷的努力……。

總有一天，人們會生活在
世界上最好的王國。

文圖 黃一文

現為繪本作家與自由插畫工作者。
2018 年參加劉旭恭老師的繪本製作課後，投入故事創作。擅長使用複合媒材，希望創作出小孩和大人都能享受其中的圖畫書。
作品入選 2021 年和 2022 年的波隆那插畫展，並榮獲 2022 年金鼎獎的兒童及少年圖書獎與 2022 Openbook 好書獎年度童書。
出版繪本有《動物園的秘密》(遠流出版)、《從前從前火車來到小島》(玉山社)

Email: yiwenillustration@gmail.com
Instagram @yiwen_illustration

小小思考家 5

繪本 0313

討厭綠色毛毛蟲的王子

文•圖｜黃一文

責任編輯｜陳毓書　特約編輯｜劉握瑜
書衣、附錄設計｜蕭旭芳　內頁設計排版｜黃一文　行銷企劃｜張家綺、溫詩潔
天下雜誌群創辦人｜殷允芃　董事長兼執行長｜何琦瑜
兒童產品事業群
副總經理｜林彥傑　總編輯｜林欣靜　主編｜陳毓書
版權主任｜何晨瑋、黃微真

出版者｜親子天下股份有限公司 地址｜台北市 104 建國北路一段 96 號 4 樓
電話｜（02）2509-2800　傳真｜（02）2509-2462
網址｜www.parenting.com.tw
讀者服務專線｜（02）2662-0332　週一～週五：09:00~17:30
傳真｜（02）2662-6048　客服信箱｜parenting@cw.com.tw
法律顧問｜台英國際商務法律事務所・羅明通律師
製版印刷｜中原造像股份有限公司
總經銷｜大和圖書有限公司　電話：（02）8990-2588

出版日期｜2022 年 12 月第一版第一次印行
定價｜360 元　書號｜BKKP0313P
ISBN｜978-626-305-368-7（精裝）

訂購服務
親子天下 Shopping｜shopping.parenting.com.tw
海外・大量訂購｜parenting@cw.com.tw
書香花園｜台北市建國北路二段 6 巷 11 號　電話（02）2506-1635
劃撥帳號｜50331356　親子天下股份有限公司

立即購買 >

國家圖書館出版品預行編目 (CIP) 資料

討厭綠色毛毛蟲的王子 / 黃一文 文 . 圖 .
-- 第一版 . -- 臺北市 : 親子天下股份有限公司 , 2022.12
32 面；　20.5×29 公分
注音版
ISBN 978-626-305-368-7(精裝)
863.599　　111017799

Everyone lived happily ever after
?